스폰지밥,
언제나 내 마음대로
즐거워

스폰지밥, 언제나 내마음대로 즐거워

네모바지 스폰지밥 원작

위즈덤하우스

비키니시티에 오신 여러분, 환영합니다

바닷속 깊은 곳에 자리한 평화롭고 신비로운 비키니시티에는 인생만족도 100% 스폰지밥이 살고 있습니다. 내일은 어떤 일이 일어날까 설레며 잠들고, 아주 사소한 행복으로도 온 마음을 가득 채우는 노란 해면동물이에요.

은근한 말썽쟁이여서 친구인 뚱이와 함께 엉뚱한 사고를 일으키곤 하지만, 언제나 자신만의 해답을 찾아냅니다. 정답은 아닐지도 몰라요. 그래도 상관없죠. 자타공인 집게리아의 우수직원인 스폰지밥은 주말이 되면 얼른 월요일이 되기를 손꼽아 기다립니다. 도무지 이해할 수 없다고요? 스폰지밥에게는 내가 좋으면 그만입니다.

오늘도 다른 사람의 시선을 신경 쓰느라 이리저리 흔들리고 있다면, 어느 때나 소신 있게 자신의 길을 가는 스폰지밥을 떠올려보세요. 초롱초롱한 눈으로 다른 사람의 말을 열심히 듣고는 있지만 정작 내 마음이 가는 대로 결정해버립니다. 내일 어떤 일이 벌어질지는 누구도 알 수 없어요. 확실한 건 언제나 내 마음대로 했을 때가 가장 즐겁다는 거예요.

이 책에는 어느 때에도 자신에 대한 사랑과 믿음이 넘치는 스폰지밥의 하루하루를 담았습니다. 먼저 다가와 신나게 말을 걸어주는 스폰지밥과의 대화를 통해 주위의 시선에, 지나치는 말들에 불안해질 때나 자신을 먼저 떠올릴 수 있기를 바랍니다.

비키니시티의 주민들

스폰지밥
언제나 자신만만, 걱정 없는 해면동물.
자부심 넘치는 집게리아의 우수사원.

핑핑이
스폰지밥과 함께 사는 반려달팽이.
차분하고 지혜로워서 때로는 스폰지밥을 잘 돌본다.

뚱이
비키니시티에서 가장 잠이 많고 가장 분홍색인 불가사리.
의심할 여지없는 스폰지밥의 베스트프렌드.

징징이
누구보다 현실적이고 혼자만의 시간을 사랑하는 오징어.
때때로 친구들의 애정공세에 괴로워한다.

다람이

미국 텍사스 출신의 모르는 게 없는 과학자.
비키니시티의 유일한 육지생물인 다람쥐.

집게사장

돈을 가장 사랑하는 집게리아의 사장.
딸 진주를 제외하면 그에겐 오로지 돈뿐이다.

진주

집게사장의 외동딸이자 천진하고 발랄한 흰수염고래.
하지만 속상한 일이 생기면 금세 울음을 터뜨린다.

플랑크톤

플랑크톤 상점의 사장.
호시탐탐 게살버거 비법을 노리는 집게사장의 라이벌.

목차

오늘도 평화로운 비키니시티 2

3부

**그렇게 앞으로도
안녕하기를**

1부

왠지 오늘은
기분이 좋은걸요

나를 사랑하는 건
정말 쉬워요

어떻게 스스로를
이만큼이나 사랑할 수 있냐고요?

내 인생의 주인공은 나니까
당연하잖아요!

16

17

일렉트릭 쇼크

한눈에 반하는 게 사랑뿐일까요?
친구도 마찬가지예요.
찌릿찌릿, 친구와 첫눈에
서로를 알아보았나요?

20

덮어놓고 사다보니

앗, 저건
월급 받고 다음날의 제 모습인가요?

팔랑팔랑
귀가 바람에
나부낍니다

이 말도 맞는 것 같고,
저 말도 맞는 것 같아요.
나는 눈치가 빠르고 생각도 깊어서
되도록 많은 의견을 들어보고
후회하지 않을 결정을 내리고 싶어요.

귀가 얇은 게 아니에요.
아무튼 아니에요!

뭐든 누워서 할 수 있다면
정말 좋겠어요

걸을 수 있는데 왜 뛰어요?
설 수 있는데 왜 걸어요?
앉을 수 있는데 왜 서 있어요?

무엇보다 누울 수 있다면 누워요.
누울 자리가 있다면 얼른 발을 뻗으세요.
당연한 인생의 진리입니다.

가슴을 조이는 고민과 불안은
한숨 자고 난 뒤에 다시 생각하기로 해요.
일단 누우세요, 얼른.

내 인생의 키는
나에게 맡겨요

어디를 향해 가고 있는지보다
그 방향을 내가 정한다는 게 더 중요해요.

다른 사람의 기준에 맞추려
애쓰지 마세요.
어차피 내일 어떤 일이 일어날지는
누구도 알 수 없어요.
그저 지금의 아름다운 풍경을 즐기세요.

28

여름은 너무 멋져요

여름에는

왜 이렇게 행복한 걸까요?

뜨거운 한낮에 마시는 시원한 주스 한잔 때문에?

선선한 밤에 찌르르 풀벌레 우는 소리를 들을 수 있어서?

무엇보다도 밤늦게까지 친구들과

함께할 수 있어서일 거예요.

좋은 데
이유가 어디 있어요

사실 난 네가 너무 좋아.

정말? 어떤 점이?

그걸 물어볼 줄은 몰랐네.
글쎄, 생각나면 말해줄게.

31

친구를 위하는 마음이에요

진심으로 배려하고 싶다면
한 발짝 먼저 마음을 헤아려주세요.

나와 함께 있을 때는
네가 먼저 나누고,
네가 먼저 다가오고,
네가 먼저 사랑하는 거예요.

네가 먼저 해보세요.
더 행복해질 거예요,
바로 내가!

34

떠나보지 않으면
알 수 없어요

사건 사고가 가득한 비키니시티를 사랑하지만
저 바다 위에 펼쳐져 있을 새로운 세상도 궁금해요.
지금보다 더 많은 것들을 보고 싶어요.

떠나보지 않으면 내 세계의 크기를 가늠할 수 없어요.
전혀 나답지 않은 선택 하나가
또 다른 세상의 문을 열어줄 거예요.

울적한 날에는
몸을 흔들어요

리듬에 맞춰서
엉덩이를 들썩들썩
어깨를 흔들흔들
생각은 멈추고 몸을 더 움직여요.

지금만큼은 세상에서 제일 신나게
노래 부르고 춤추다보면
다시 웃음이 터질 거예요.

그러려니 정신이
필요해요

더러워도 그러려니
깨끗해도 그러려니.

틀린 게 아니라 다른 거예요.
더러운 것도 있어야 깨끗한 게 어떤 건지 알 수 있잖아요.

나와 다르더라도 그러려니 하세요.
서로 차이를 인정하고 보듬어주는 거예요!

40

나부터 잘되게
해주세요

내 소원은

뚱이와

핑핑이와

징징이와

다람이와

집게사장님의 소원이 이루어지는 거예요.

그런데

일단 나부터 잘되게 해주세요.

다른 소원은 그 다음이에요.

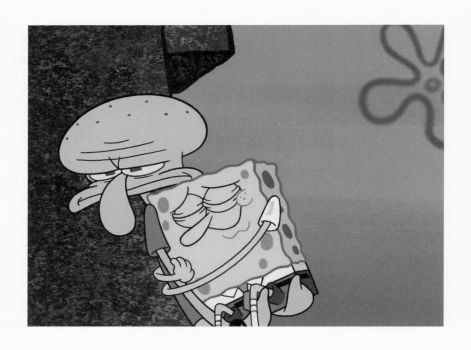

42

말로
다할 수 없는 우정이
여기 있어요

쓸쓸하고 가슴이 시린 날,
꼭 안아주는 친구가 있어 다행이에요.
너무 따뜻하고 포근해요.

안 그런 척하지만 날 너무 사랑해요.
누구도 우리를 갈라놓을 수 없을 거예요.

44

월요일을
사랑하는 사람의 악몽

너무 끔찍한 악몽을 꿨어요.
일요일이 영원히 계속되고 있지 뭐예요?

월요일만 기다리며 사는 제 마음도 모르고!
꿈이어서 정말 다행이에요, 휴우.

오늘의 목표는 달성

이 정도면
오늘 치 멋짐은
충분해요!

혼자 있고 싶은데
외로운 건 싫어요

오늘은 혼자 있고 싶어요.
아무도 방해하지 마세요.

혼자 텔레비전을 보고
혼자 밥을 먹고
혼자 책을 읽고
혼자 음악을 들으니
차분하게 생각을 정리할 수 있어요.

분명 너무 좋은데 왜 마음 한구석이 쓸쓸해질까요?
오늘은 뚱이네 가서 잘래요.

흔한 주말의 일상

오늘은 밀린 대청소를 하려고요.
먼저 좋아하는 음악을 틀고
커피도 한잔 마신 다음에요.

따뜻한 햇살을 맞고 있자니 솔솔 잠이 오네요.
역시 쉬는 날에는 낮잠을 빼놓을 수 없어요.

한숨 자고 나면 항상 온몸이 찌뿌둥해요.
드라마를 보면서 밥을 먹어야겠어요.
휴일이어도 시간을 효율적으로 사용해야죠.

아니, 벌써 시간이 이렇게 됐어요?
이제 잘 시간이에요.
참, 오늘 하려던 일이 있었던 것 같은데⋯
뭐, 별일 아니겠죠.

모두가
그 순간을
기다리고 있어요

파도타기란 누군가에게는

더운 날 아이스크림을 먹는 것처럼

쉬운 일이지만

어떤 사람에게는 한겨울에
아이스크림을 먹는 것처럼
힘든 일이에요.

모두에게 평생에 단 한 번
완벽한 파도가 찾아옵니다.
크지도, 작지도 않은 그 파도를
온 힘을 다해서 꼭 잡아야 해요.

53

잠들기 전
미리 준비하세요

첫째, 미소가 지어지는 어제의 추억

둘째, 가슴이 두근거리는 오늘의 행복

셋째, 생각만으로도 설레는 내일의 계획

넌 어때, 징징아?

첫째, 스폰지밥 없는 집
둘째, 스폰지밥 없는 집게리아
셋째, 스폰지밥 없는 세상

56

자고 나면
다 이루어질 거예요

길었던 하루가 모두 지나고
드디어 잠자리에 들 시간입니다.
오늘도 제가 참 고생이 많았어요.

내일은 조금 더 나은 내가 될 거예요.
어떻게요? 그건 꿈 속에서 생각해보려고요.

가능한 작고
사소한 목표를 세워요

지나치게 욕심을 부린 목표는
쉽게 의욕을 꺾어버리곤 합니다.

당장은 쉽게 느껴지지만
꾸준히 해볼 만한 것으로 골라보세요.

첫째, 이불을 젖히고 일어나기
둘째, 서서 허리를 두 바퀴 돌리는 스트레칭하기
셋째, 창문을 열고 오늘의 날씨 확인하기

나 자신과 경쟁하는 대신
내가 할 수 있는 일들을 맡겨주세요.
굳이 나에게 실망할 일을
하나 더하고 싶진 않으니까요.

오늘의 나에게
꼭 맞는 행복

생각만 해도 행복해지는 일이 있어서
얼마나 좋은지 몰라요.
생각만으로 행복해지니까
몸은 꼼짝도 하지 않아도 돼요.

마음이 향하는 길을
따라가요

모든 일을 이기고 지는 일로 여기다 보면
마음엔 여유가 없어지고
옳고 그름의 기준도 빛을 잃고 바래집니다.

그보다는 순간순간
얼마나 즐거웠는지를 기억하세요.

반짝거리는
기억들을 모으세요.

내가 좋아하는 일을 해요.
그리고 그건 무엇이든 상관없어요.

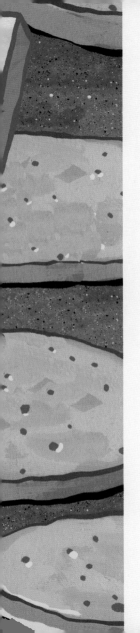

널 만난 건
최고의 행운이야

우리가 만난 건
아주 대단한 우연, 행운이에요.
내가 줄 수 있는 최고의 사랑은
영원히 네 곁에 있어주는 것.

네 눈을 바라보면
난 금세 마음이 약해져버려요.
언제나 널 기쁘게만 해주고 싶으니까요.

다시 태어난다면
무엇이 되고 싶은가요

써도 써도 돈이 마르지 않는 부자?
온 바다를 누빌 수 있는 해파리?
물결 따라 흔들흔들 언제나 평화로운 산호초?

모두 재미있겠지만
그래도 역시 나 자신으로 할래요.
왜냐고요? 귀엽잖아요.

좋아한다면
더 소중히 대해주세요

좋아하니까
더 많이 더 자세히 알고 싶어요.

'양말은 어느 쪽부터 신을까?'
'자기 전에는 무슨 생각을 할까?'

하지만 사람 사이에는 공간이 필요해요.
바람이 통하는 선선한 관계만이
오래 이어질 수 있어요.

조금만 천천히 속도를 늦춰주세요.

무엇이든 너무 꽉 쥐면

오히려 손 틈새로 빠져나가버릴 거예요.

인생에서 재미가 빠지면
무슨 낙으로 살래?

한 번에 옷 입기

속상해

2부

언제든 나만의 답을
찾아낼 거예요

내가 못하는 것?
그런 건 없어요

코피리를 불어보라고요?
지금요? 이렇게 갑자기?

혹시 내가 음치라서 망신을 주려는 건
설마 아니죠?
사람들 앞에서 날 놀리고 싶은 건
설마 아니죠?

그런 거라도 소용없어요.
난 언제나 준비돼 있으니까요.
자, 들어보세요.

♫
뿌붐뿜뿌우우우붐

아니, 어딜 가는 거예요?
내 연주는 아직 끝나지 않았어요.
4절까지 준비했단 말이에요!

그건 내 길이
아니었을 뿐이에요

낭떠러지에 홀로 서 있다고 생각될 때,
이제 다 그만두고 싶다고 느껴질 때는
그 자리에 잠시 앉아보세요.
천천히 숨을 들이마시고 눈을 감아요.

이제 하나, 둘, 셋 하면
털썩 뒤로 누워버려요.

까마득한 절벽 대신 맑은 하늘이 보이죠?
세상이 내 마음 같지 않으면
그냥 뒤집어버리고 내 갈 길을 가는 거예요.

속에서
천불이 납니다

화가 나면 화를 내요.
꾹꾹 참아봐야
알아주는 사람
하나 없으니까요.

불행에는 반드시
끝이 있어요

나쁜 일들은 꼭 한꺼번에 몰려와요.
마른하늘에 갑자기 비가 쏟아지고
지나가는 차에 물벼락을 맞고
하소연할 사람은 하나 없는, 그런 날이요.

하지만 난 알고 있어요.
이런 날이 영원히 계속되지는 않는다는 것을요.
오늘의 불행은 오늘까지예요.

티끌만한 장점도
도움이 됩니다

누구에게나 배울 점이
한 가지는 있습니다.
참아주기 어려운 사람이 있다면
아주 사소한 것이라도 장점을 찾아보세요.

그 사람과 보내는 시간이
훨씬 견딜 만해질 거예요.

월요일을 기다리는 마음

어서 빨리 월요일이 왔으면 좋겠어요.
월요일이 지나가면 화요일이 오고
화요일이 지나가면 수요일이 오고
수요일이 지나가면 목요일이 오고
목요일이 지나가면 금요일이 와요.

왜 일주일에 일하는 날은 5일뿐일까요?
일주일 내내 게살버거를 만들 수 있다면 좋을 텐데.

다들
말이 너무
많으시네요

못된 말은 잊어버려요.
모두가 나를 좋아할 수는 없잖아요.
사실 나도 싫어하는 사람이 있는 것처럼요.

나쁜 말은 마음속에 담아두지 마세요.
모두가 남에 대해 이야기하기를 좋아해서 그래요.
사실 관심은 전혀 없으니까 안심해요.

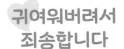

귀여워버려서
죄송합니다

이미 일어난 일에서
그럴 듯한 의미를 찾는 것이야말로
의미 없는 일입니다.
그저 우연일 뿐이에요.

자꾸 나에게만
힘든 일이 생기는 것 같다면,
역시 제가 귀여운 탓이겠죠?

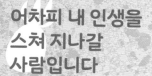

**어차피 내 인생을
스쳐 지나갈
사람입니다**

나를 못마땅해하는 저 사람,
오래 볼 일 없는 사람입니다.

나에게 싫은 티 내는 저 사람,
내 인생에서 스쳐 지나갈 사람이에요.

나를 싫어하는 사람들 때문에
나에게 소중한 사람을 잃지 마세요.

나를 싫어하는 사람들이 바라는 일이
바로 그런 거니까요.

92

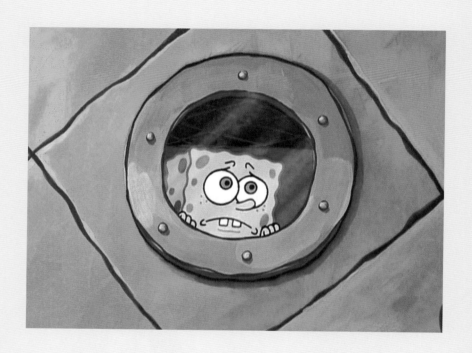

그런 짓은 하지 말았어야 했는데

이제 와서 후회한들 무엇하리

오늘도 멋진 나,
준비 완료

누군가가 날 필요로 하지 않아도 괜찮아요.
어떤 나라도 사랑해주는 내가 있으니까요.

왠지 마음에 구멍이 송송 뚫린 것 같은 날,
아무도 이해해주지 않아 서운한 날에는
거울 속을 들여다보세요.

그 안에서 나는 언제나 나에게 웃어줄 거예요.

누군가 날 방해한다면?

아무도 모르게
조용히 살포시
묻어버려요.

98

99

100

떠나는 사람의 뒷모습은
부럽다

아직까지는 버틸 만하다고
자신을 속이고 있지는 않나요?
바로 지금이야말로
잔잔한 불행의 늪에서 빠져나올 때입니다.

도망치는 건 나약한 일이라고요?
온 우주가 신호를 보내주고 있는데도요?

마음 한 구석에는
위안을 간직해요

가도 가도 끝이 보이지 않는 길을 걷고 있나요?
목이 마르고 다리는 후들거리고요.

그럴 때는 힘이 나는 것들을 떠올려보세요.
따끈한 게살버거를 크게 한 입 물었을 때의 행복,
한여름 밤 옥상에서 맞는 산들바람 같은 것들이요.
어떤 기억이 떠오르나요?

그러다 보면 아무리 힘겨운 일이라도
어느새 끝나 있을 거예요.

앗! 뭐야, 아직 안 끝났어?

쉽고 빠르고
마음도 편한 방법은
없을까요

반칙을 하면 쉽고 빠르게 갈 수 있어요.
정정당당하게 가면 지더라도 마음은 편할 거예요.

그런데 꼭 마음이 편해야 할까요?
아녜요. 그냥 궁금해서요.

잠깐
기분이 좋아지는
헛소리

돈으로는 행복을 살 수 없어요.
하지만 행복은 돈으로 살 수 있죠.

돈을 쓸 수 있다면 쓰는 쪽이
더 행복하다는 이야기입니다.

어떤 기분일 때라도
나 자신은 변하지 않아요

오늘은 물먹은 스폰지 모드입니다.
하루 종일 축 가라앉아 우울해요.
그래도 내가 달라지지는 않아요.
여전히 나는 그대로예요.

곧 다시 뽀송뽀송해질 거예요.
조금만, 아주 조금만 기다려주세요.

고객님, 출발합니다.

좋은 일이 생기면 나쁜 일도 생기고,
기쁜 일 뒤에는 슬픈 일이 따르고,
신나는 일이 생겨 들떴다가도
금세 실망해서 우울해지곤 해요.

너무 어지러워서 속이 미식거릴 때도 있지만
인생의 롤러코스터는 멈출 수 없어요.
오늘은 평소보다 더 어지러울 테니
안전벨트를 단단히 매세요.

내가 어떤 사람인지는
내가 더 잘 알아요

우울한 나는 나답지 않다고 해요.
지치고 피곤한 나도 나답지 않다고 해요.

진짜 나는 내가 제일 잘 알아요.
나는 훨씬 더 많은 모습을 갖고 있고
또 어떤 모습이든 될 수 있어요.

언제 어디서든 솔직하게,
그게 내가 생각하는 진짜 나 자신이에요.

113

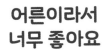

어른이라서
너무 좋아요

어른이 된다는 건 멋진 일이에요.
더 많은 하루를 겪고 더 많이 연습했으니까요.

조금씩이지만 실수도 줄어들고
포기하는 법도 배우고 있어요.

이렇게 시간을 쌓아가다 보면
오늘보다 내일 더 익숙해지지 않을까요?

114

115

당신은 지금

초롱초롱한 스폰지밥과

눈이 마주쳤습니다.

이번 주 내내 행운이 따를 거예요.

마음의 커튼을 걷고
먼지를 털어내요

어쩐지 기분이 눅눅한 날,
약속도 없고 외출하기도 싫은 날.
그런 날에는 슬금슬금 밀린 집안일을 해요.

빨래 바구니를 비우고
산더미처럼 쌓인 설거지도 해치우고,
구석구석 먼지들도 닦아내요.

내 방을 청소하는 건
내 마음을 정리하는 것과 마찬가지입니다.
반짝반짝해진 내 공간을 둘러보면
머릿속도 한결 맑아질 거예요.

싫다고
말하지 못하는 게
싫어요

또 어영부영 귀찮은 부탁을 떠맡아버렸나요?
거절하기는 왜 이렇게 어려운지.

친구가 상처를 받을까 봐
혹시 날 미워하게 될까 봐 걱정이 될 거예요.

미안하지만 이제는 나부터 생각할 때입니다.
진정한 친구라면 진심을 알아줄 거예요.

서운해지기
직전이에요

잠시 다른 친구들과 어울려도 괜찮아요.
우리 집에 놀러오지 않아도 괜찮아요.
너무 바빠 연락이 뜸해도 괜찮아요.
내 생일을 잊어버려도… 나는 괜찮아요!

진정한 친구는 언제든 마음으로 이어져 있으니까요.

분명 정답을
찾을 수 있을 거예요

정신없이 하루를 보냈는데
사실 되는 일은 하나도 없었어요.
어디서부터 잘못된 걸까요?

엉망으로 엉켜버린 이어폰 줄처럼
한쪽 끝을 잡고 천천히 따라가보세요.
어느새 끝이 보이기 시작할 거예요.

 마음을
건조시키는 날

온 세상이 젖을 만큼 펑펑 울어버려요.
마지막 눈물 한 방울까지 흘러내리게요.

눈물에도 총량이 정해져 있어요.
미리 울어두지 않으면
방심했을 때 눈물샘이 터져버릴지도 몰라요.

좋아하는 마음과
싫어하는 마음은
한 끗 차이예요

좋아하는 것을 가질 수 없다면
슬퍼하지 말고 내게 달려와요.
좋아하는 걸 단박에
싫어하게 만들어줄게요.

129

누가 또
묻지도 않은 소리를
하는 게 들려요

지금 하시는 이야기, 다 맞는 말이에요.
무슨 뜻인지 잘 알겠어요.
그런데 너무 궁금하지 않은 이야기예요!
제가 굳이 알아야 하나요?

다른 사람에 대한 관심은 적당히,
자신에게 집중하시는 게 좋겠어요.

뭔가 이상한데?

게살버거는 사랑입니다

3부

그렇게 앞으로도
안녕하기를

이왕이면
쉬운 길로 갈래요

벌써 몇 번이나 길을 잘못 들었어요.
너무 복잡하고 미로 같아서
헤매는 게 일상이에요.

하지만 불안하고 초조할수록
눈을 더 크게 뜨고 살피면
분명 어디선가 더 쉬운 길도 나타날 거예요.

어렵고 힘든 길만이 좋은 길은 아니에요.
이왕이면 잘하는 것만 할래요.

138

세상에서 제일
사랑스러운 건?

저는 못났어요.
못났지만 귀여워요.
못났지만 귀엽지만 바보 같아요.
못났지만 귀엽지만 바보 같지만 사랑스러워요!

맞아요. 저는 정말 사랑스러워요.
역시 말은 끝까지 들어봐야 해요.

비밀 레시피를
알려드립니다

스폰지밥, 세상에서 가장 맛있는
게살버거를 만들 수 있는 비결은 뭔가요?

그야 물론 사랑이에요, 사랑.

142

어른은 왜 안 돼요?

어른도 그런 거 좋아해요.
우유에 쿠키를 찍어 먹고,
밤에는 곰인형을 껴안고 자고,
천천히 돌아가는 회전목마 타기 같은 거요.

어른스러운 일이라는 건 누가 정했을까요?
어른이라서 못하는 일 같은 건 없어요.
조금의 돈이라도 내 마음대로 써야죠.
그래도 엄마 아빠한테는 비밀이에요. 쉿!

144

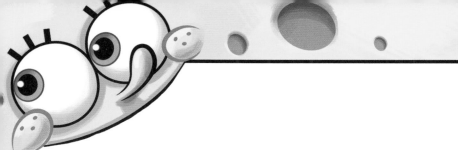

누가 뭐라든
알 게 뭐람

내 앞니가 이상하다고요?
신발끈은 왜 이렇게 낡았냐고요?
주근깨가 도드라져 보인다고요?

그럼 어때서요?
그게 왜요?

여기서 끝이 아니에요

어제랑 똑같은 실수를 했어요?
그럴 수도 있죠.

꼭 해야 하는 일이었는데 잊어버렸어요?
그럴 수도 있어요.

괜찮아요.
실수는 더 큰 실수로 덮어질 테니까요.

이런 날씨에 일하는 건
불법이에요

와, 일만 하기에
오늘은 날씨가 너무 완벽해요.
딱 한 시간만 해파리를 잡으러 가면 어떨까요?

누구나 가끔은 투명인간이 되어
일상을 지워버리고 싶은 날이 있어요.
한 번쯤은 크게 숨을 내쉴 구멍이 필요하니까요.

꿈은 없어도
괜찮아요

하고 싶은 일을 해야
행복한 거라면
하고 싶은 일이 없는 사람은 어떡해요?
하고 싶은 일이 뭔지 모르는 사람은요?

걱정 말아요.
행복의 기준이
한 가지일 리 없잖아요.

두렵더라도
'나'라는 상자를
열어요

만약 내가 더 똑똑했다면?

만약 내가 더 상냥했다면?

만약 내가 더 운이 좋았다면? 그럼 어땠을까?

이제는 달라지고 싶다면,

지금의 나를 인정하는 것부터 시작하세요.

내 모습을 있는 그대로 받아들이는 거예요.

그게 어떤 모습이더라도요.

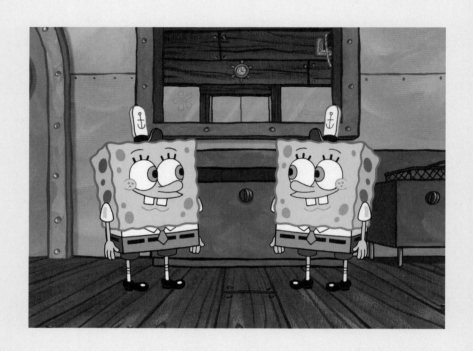

154

나 Vs. 나

진정한 경쟁은
나 자신과의 싸움이라고요?
오늘도 나를 돌보느라 고생한 나하고요?

나를 이겨서 어디에 써요?
잘 먹이고, 잘 입히고,
잘 재우는 것만으로도 바쁘다고요.

오해하지 말고 들어요

듣고 싶은 말만 해준다면 오늘은 친구가 될 수 있겠지만
필요한 말을 해줄 수 있어야 평생 함께할 친구일 거예요.
당장의 쓴소리 때문에 소중한 친구를 잃어버리지는 마세요.

그런 의미에서 제가 해주고 싶은 얘기가 아주 많아요.
자, 여기 앉아보세요.
다 잘되라고 하는 소리라니까요.

할까 말까 할 때는
하는 거예요

저 해파리들을 좀 보세요.
바닷속 어디든 마음대로 헤엄치고
유유히 물살을 가르는 모습이 정말 아름답지 않아요?

158

저 해파리들처럼
바다 멀리, 길게 팔을 뻗어서
자유롭게 날고 싶어요.

상상은 이제 그만.
주저하는 데 너무 많은 시간을 보냈어요.
두려움이 없는 나답지 않게!

159

160

이불 밖은 위험해요

필요한 건 모두 이 안에 있는데
왜 집 밖으로 나가야 하나요?

편안한 잠옷과 토끼 슬리퍼가 날 기다리는 곳,
위험할 일 없이 안전한 그곳,
내 집이 최고예요.

저렇게 살면
무슨 재미일까요?

몸이 갇혀 있는 사람보다
생각이 꽉 막힌 사람이 더 불행해 보여요.
그렇게 생각하면 저는 누구보다 자유롭고
행복한 것 같아 다행이에요.

오늘의 운세

"물을 조심하시오."

바다에 사는데
어떻게 물을 조심하죠?

166

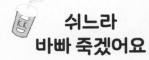

쉬느라
바빠 죽겠어요

하루 종일 늘어져 있자니 몸은 아주 편하지만
어딘지 마음 한 구석이 찜찜해요.
이렇게 게을러도 괜찮은 걸까요?

그게 무슨 소리예요.
아까부터 텔레비전을 따라
쉴 새 없이 눈을 움직이고 있잖아요.

오늘의 일은
내일의 나에게

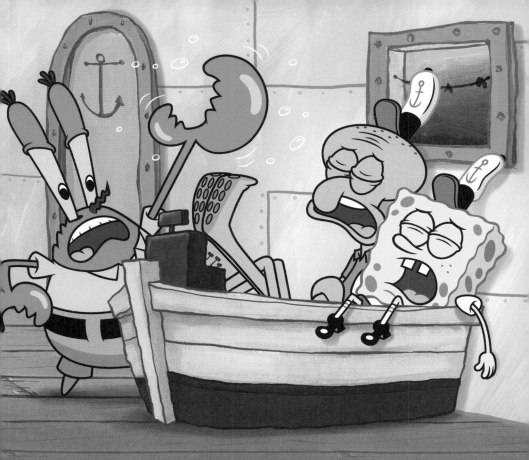

죄송하지만 일할 마음이 바닥났어요. 품절이에요.
오늘은 마감하오니 내일 다시 찾아주세요.

남은 일들은 내일의 내가 힘내주겠죠.

170

참 잘했어요

아주 대단해요!

오늘은 또 무슨 일이 일어날지 두려우면서도
힘을 내서 하루를 시작했잖아요.

당신의 하루를 움직이는 건
당신만이 할 수 있어요.

오늘도 수고 많았어요.
내일도 같이 힘내요.

173

174

딱 기대한
만큼일 거예요

문득 삶이 너무 길고 지루하게 느껴질 때가 있어요.
그런 날에는 내일을 위해 소소한 즐거움을 숨겨둬요.
소금맛 캐러멜이나 케이크 한 조각, 무엇이든 좋아요.

질리도록 나쁘기만 한 인생도,
좋기만 한 인생도 없어요.
기대를 갖고 내일을 기다린다면
우리를 실망시키지 않을 거예요.

자아 찾기 여행을
떠나요

이제 비키니시티를 벗어나려고요.

집을 떠나 사서 고생할 준비를 마쳤어요.

낯선 곳에서의 여행은 잃어버린 자아를 찾아준대요.

176

자아를 찾고 나면 어떻게 할 거냐고요?
몰라요. 자아가 뭔지도 모르는걸요.

걱정을 안 하면
걱정이 없어요

걱정을 하자면 걱정은 끝이 없어요.
비가 와도 걱정, 안 와도 걱정.
잠이 와도 걱정, 안 와도 걱정이죠.

걱정을 한다고
걱정이 사라지지는 않으니까
우리 걱정하지 말아요.

어제보다 내일보다
오늘 위주로

내일을 위해서
오늘의 괴로움쯤은 참고 있나요?

오늘부터 행복을 쌓아나가야
내일에 대한 기대감도 커질 거예요.

시간이 흘러 되돌아봤을 때,
하루하루가 반짝이는 것들로
채워져 있도록 말이에요.

181

새로운 도전은
언제나 설레요

어떤 일에 호기심이 생긴다면 망설이지 마세요.
꿈에 그리던 일을 찾은 걸 수도 있어요.

하기 싫은 일이 있어도 일단 부딪쳐보세요.
의외로 적성에 맞을지도 몰라요.

다른 사람의 그럴듯한 조언도 그뿐이에요.
내가 직접 겪어보지 않으면 알 수 없어요.

수고한 나에게 토닥토닥

다른 사람들은 아무것도 몰라요.
난 정말 최선을 다했는데 말이에요.
그럴듯한 무언가를 보여주지 못해도 괜찮아요.

스스로에게 부끄럽지 않을 만큼 열심이었다면
그걸로 충분해요.
내가 나에게 박수를 쳐줄 테니까요.

세상에 공짜는 없어요

웃지 마, 스폰지밥!
세상에 공짜는 없어.
그게 뭐든 사람들에게 공짜로 나눠주는 건 절대 안 돼.
지금처럼 그냥 웃어주는 것도 돈을 받아야 해!

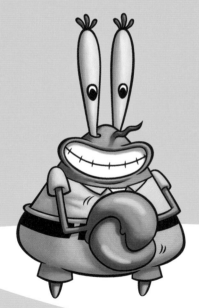

좋아요, 집게사장님.
1000원입니다. 씨익.

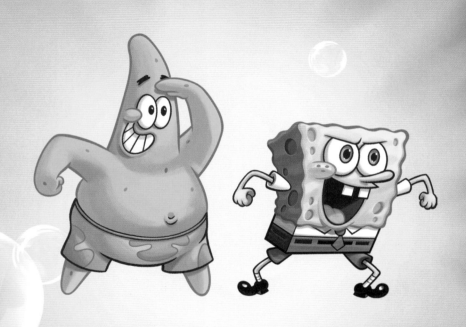

188

인생은
영화 같지 않을 거예요

10년 뒤, 20년 뒤의 내 모습 같은 건 알고 싶지 않아요.
영화도 결말을 알고 보면 재미가 없잖아요.

그래도 대단한 반전이 기다리고 있었으면 좋겠어요.
아니, 나쁜 쪽 말고 좋은 쪽으로요!

190

괜찮아.
우리에겐
언제나 정답을 알려주는
마법의 소라고동 님이
있으니까!

스폰지밥, 언제나 내 마음대로 즐거워

인생만족도 100퍼센트! 마이웨이의 기술

초판 1쇄 인쇄 2019년 3월 28일
초판 1쇄 발행 2019년 4월 8일

원작 네모바지 스폰지밥
펴낸이 연준혁

출판 2본부 이사 이진영
출판 9분사 분사장 김정희

편집 박인애
디자인 소요 이경란
구성 정유민

펴낸곳 (주)위즈덤하우스 미디어그룹   출판등록 2000년 5월 23일 제13-1071호
주소 경기도 고양시 일산동구 정발산로 43-20 센트럴프라자 6층
전화 031)936-4000   팩스 031)903-3893
홈페이지 www.wisdomhouse.co.kr

ISBN 979-11-89938-15-4 04800
ISBN 979-11-89938-14-7 04800 (세트)
값 12,800원